茉莉手记

温梓萱 著

陕西新华出版

太白文艺出版社·西安

图书在版编目（CIP）数据

茉莉手记/温梓萱著. -- 西安 : 太白文艺出版社,
2025. 2. -- ISBN 978-7-5513-2942-2

Ⅰ．I227

中国国家版本馆CIP数据核字第2025P01K36号

茉莉手记
MOLI SHOUJI

作　　者	温梓萱
责任编辑	张　曦
封面设计	青年作家网
版式设计	建明文化
出版发行	太白文艺出版社
经　　销	新华书店
印　　刷	永清县晔盛亚胶印有限公司
开　　本	880mm×1230mm　1/32
字　　数	100千字
印　　张	7.25
版　　次	2025年2月第1版
印　　次	2025年2月第1次印刷
书　　号	ISBN 978-7-5513-2942-2
定　　价	68.00元

目录 CONTENTS

一条短信

在每周寄宿日结束的那一天，

我静待那条短信，如花儿待春风拂面。

无论晴空如洗，或细雨绵绵；

无论心灵闲适，或疲惫不堪。

"我已抵达"，简短几个字，

从手机屏幕跃出，质朴且温暖。

它似神奇的橡皮，轻轻一抹，

心中的浮躁与波澜，瞬间消散如烟。

这短信，是远离市区孤寂的慰藉，

此刻，有颗心，与我紧紧相连。

独一无二，只属于我，

任何事物，都无法将其替代。

爸爸驾车，方向盘在转动，游刃有余，

我侧首望向窗外，风景如画，心旷神怡。

我们畅谈，分享趣事与感悟，

彼此的心，在这一刻紧紧相依。

在学校，我或文静寡言，

但此刻，我是依赖又调皮的小猫咪。

在汽车后视镜前，尽情倾诉，

分享本周的酸甜苦辣，毫无顾忌。

爸爸，是我喜悦的倾听者，

是我伤感的慰藉者，公正无私。

他见证我最本真的模样，

是我成长路上的心灵港湾，

期待我分享这一周的故事点滴。

他是我的爸爸，

每周放学，接我归家的使者。

他是我成长的见证，

是我心灵的归宿，永远温暖如初。

我 想

有时，我想化作一只鸟，

振翅高飞于广袤苍穹，

纵情俯瞰那缤纷万象的世界。

有时，我想变成一条鱼，

自在畅游在神秘海底的王国，

欣赏阳光透过海面折射的粼粼波光。

有时，我想成为一个孩童，

无忧无虑地在绿茵草地上奔跑嬉闹，

挥洒汗水，舞动纯真的旋律。

然而，

鸟儿随时可能面临猎人枪口的威胁，

鱼群常常遭遇渔民渔网的抓捕危机，

孩童的自在时光总是被大人严厉的管教充斥。

于是，

我决意做回自己，

勇敢地与外界无畏交手，

追逐属于自己的青春之梦。

我这独一无二的存在，

本身便是一件极为美好的事情。

我的房间，简约中藏着温馨的秘密，

一床小粉被，轻轻铺展在梦的边际。

它如涟漪，荡漾着亲切的气息，

是奶奶的手，一针一线，缝制的温暖。

襁褓中的我，被它温柔包裹，

奶奶的歌声，轻柔如夜风，是哄我入眠的曲。

她侧卧身旁，拍打小粉被的节奏，

是爱的旋律，伴我度过无数个夜的寂静。

时光匆匆，我已长大成人，

即将踏上新的旅程，心中有万千不舍。

而小粉被，成了心灵的港湾，

柔软如初，每晚拥它入怀，梦便安然。

它小巧而温暖，留存着婴孩时的记忆，

虽陈旧，却流淌着亲情的甜蜜。

每一缕丝线，都缠绕着奶奶的牵挂，

如陈年的酒，愈加香醇，萦绕心间，永不老去。

月光如水，洒满静谧的夜晚，

我躺在床上，怀抱小粉被，思绪万千。

望向窗外深蓝的星空，悠然出神，

心中深深思念，远方的奶奶，那亲情的味道。

它如诗，如画，如岁月的低语，

在心头轻轻回响，永不消散。

小粉被，你是时光的温柔，

承载着爱的重量，伴我走过每一个梦的旅程。

枕头，我灵魂的温柔港湾，

头脑休憩的亲密伴侣，无言却深邃。

倚靠其上，如同依偎在知己的胸膛，

万千姿态，尽情相拥，无惧时光漫长。

你无生命，亦无语言，

却静静见证，我内心的波澜起伏。

欣喜若狂时，你静默如镜，映我笑颜；

黯然神伤时，你温柔以待，守望无言。

漫漫长夜，情绪纷繁，

唯你，于静谧中倾听我心底的低语。

泪滴簌簌，浸湿你的身躯，

你却无言，默默承载我的忧伤。

欢悦之时，我紧贴你的脸颊，

传递生活的甜蜜，与你共享芬芳。

思绪万千，终归宁静，

躺下，便是酣然入梦，与你共赴夜的深处。

你聆听我心跳的轻柔旋律，

捕捉那节奏的起伏，守护我的梦境。

枕头，宿舍中的一抹温馨，

带我步入梦境，不可或缺。

夜幕低垂，周遭漆黑，

你我共度，这静谧而深邃的时光。

携手迎接，明日的朝阳，

枕头，你是我心中，永恒的梦之侣。

提及"珍惜"，你的思绪轻扬，

是璀璨宝石，还是闪耀光芒的钻戒？

是金钱的堆砌，还是名利的向往？

而我，却在平凡中，寻觅它的迹象。

珍惜那深夜的书桌旁，

一杯热水，温暖岁月的凉。

难题困扰，你坐在身旁，

解答疑惑，是心灵的灯塔，照亮希望。

珍惜那沉重的行囊旁，

有人伸手，分担重量的力量。

徘徊边缘，欲言又止地放弃梦想，

一句"加油"，是勇气，再次起航。

珍惜加班归途的灯火阑珊，

一桌热菜，家的味道，温馨如常。

好消息传来，你笑容满面，

真挚喜悦，是生活的糖，甜蜜无疆。

珍惜路途偶遇，笑容相向，

陌生人的温暖，如阳光洒在心上。

旅行途中，风景共享，

每一帧照片，都是友谊的桥梁。

宝石钻戒，黯淡之时或长，

金钱名利，难抵心灵的真章。

平凡小事，如繁星点点亮，

在绝望深渊，拉你向光的方向。

平凡人物，是生活的暖阳，

在平淡里，种下爱的芬芳。

希望之光，是梦想的翅膀，

正能量与好心情，是前行的力量。

他们，她们，平凡而闪亮，

值得我，用一生去珍藏。

珍惜，不仅是言语的轻唱，

更是行动，让爱，永不散场。

在生活与学习的悠长旅途中，

偶有的挫败，如暗夜中的迷雾，

让我跌入深渊。

对这突如其来的困境，心有不甘，

轻易便陷入了压力与挫折的罗网。

拿起那张布满伤痕的试卷，

如握紧一段过往，细细端详，

指尖轻触那些刺眼的红痕，如刀割。

经人点拨，自我剖析，方悟出，

成长的路上，原是沟壑纵横，坎坷无数。

但，那又何妨？

不经失败，何以铸就坚韧的盔甲？

铺开一张崭新的白纸于桌面，

重新书写那些曾经的错误。

留下标注成长的痕迹，

落笔之际，心中重负释然。

我将纠错的态度，化作行动的力量，

不让失意的结果，将我击溃在途上。

就让这挫折，成为一次磨砺吧，

它让我在考场再战时，眼神更加坚定，

怀揣迎难而上的决心，无惧风雨。

而当收获的季节来临，

取而代之的是盈盈笑意，内心的欢歌。

挫折，我感谢你，

你是驱走惰性的烈火，是点燃希望的灯火。

你赠予我两份珍贵的礼物——

成长与坚强，如双翼在背，助我飞翔。

在挫折的洗礼下，我学会了飞翔，

飞向更高远的天空，拥抱更广阔的世界。

在纷繁复杂的大千世界，

我寻觅着简单纯粹的悠然时光。

于世俗喧嚣之外，静谧角落，

构筑我的小小天地，如梦如幻。

清晨，我拥抱第一缕温柔的曙光，

漫步在绿树成荫的小径上。

耳机里，旋律悠扬，如梦初醒，

头顶的茉莉花环，淡雅芬芳，沁入心房。

笔尖跳跃，带着最初的梦想，

在洁白的纸张上，绘出诗意的篇章。

汗水淋漓，运动后的舒畅，

如同重生，灵魂在舞动中自由飞翔。

五彩毛线球，在猫咪的四爪间嬉戏，

秋千上，我慢慢品味蛋糕的细腻。

麻雀停歇在枝头，仿佛在诉说着远方的秘密，

阳光穿透嫩叶，斑驳陆离，映照我欢笑的模样。

小美好，小简单，如诗如画，

在这宁静的时光里，我尽情徜徉。

每一刻，都是心灵的慰藉，

这般状态，我最是向往，沉醉其中，不愿醒来。

快餐店 · 小城烟火

在这座小城的一隅，街道轻展，

两家快餐店，紧紧相依。

它们并肩而立，平凡又温馨，

售卖着不同的风味，为归人解馋。

傍晚时分，我与父亲漫步街头，

快餐店的招牌，闪烁夺目，

吸引了我们，晚餐的约定悄然达成。

靠窗而坐，世界仿佛慢了半拍，

父亲选了牛肉面，热气腾腾，

我则偏爱烤肠与菜包，简单却满足。

我们交谈，笑声在空气里荡漾，

时而凝视窗外，车辆如织，

城市的动脉，在夜色中缓缓流淌。

新鲜饭菜，香气缭绕，是味蕾的盛宴，

价格实惠，如小城人的纯朴与善良。

员工勤勉，服务如春风，温暖人心，

自取餐具，整齐排列，便利而周到。

这些快餐店，也是小城的一部分，

为早出晚归的人们，点亮一盏温暖的灯。

它们签收着，人们对美味的急切期盼，

见证着，平凡日子里，一个个温暖的瞬间。

在这里，

每一口食物，都承载着故事，

每一声笑语，都是小城生活的烟火。

在疲惫中飞翔

亲爱的追梦者呀，

在风雨交加的路上，

我瞥见你眼中的迷茫，

和无助时颤抖的翅膀。

那曾坚定的步伐，

在疲惫中偶尔乱了节奏，

放弃的念头，

在暗夜潜藏。

我理解你内心的波澜，

那难以平复的潮涌，

你的小任性，如孩子般，

我温柔地包容，如拥抱晨曦。

我们，是跳动的脉搏，

是思想的火花，

而非那单调的机械，

无魂无魄。

在沉默的深渊里，

你轻轻合上眼帘，

无声的力量，

如细雨滋润心田。

一杯热牛奶的香气，

在静谧中升腾，

滋养着那无尽的潜能，

如星河般璀璨。

在逆境的荆棘中，

你奋力挣扎，成长，

苦涩的泪水，换来甘甜的笑容。

在厚重的云端，

你勇敢翱翔，

即便翅膀被风雨撕裂，

也依然以笑容，拥抱这世界。

加油，无畏的追梦者，

你和我，在这无尽的旅程。

让我们手牵手，

共同绘制那未来的画卷。

绚烂如晨曦，

自由如风，

在疲惫中，我们依然飞翔。

青春　之一

所有的结局都已写好
所有的泪水也都已启程
却忽然忘了是怎么样的一个开始
在那个古老的不再回来的夏日

无论我如何地去追索
年轻的你只如云影掠过
而你微笑的面容极浅极淡
逐渐隐没在日落后的群...

逢翻开那发黄的扉页
命运将它装订得极为...
含着泪　我一读再读
却不得不承认
青春是一本太仓促的...

1979.6

青春　之二

在四十五岁的夜里
忽然想起她年轻的眼睛
想起她十六岁时的那个夏日
从山坡上朝地缓缓走来
林外阳光炫目
向她衣襟如此洁白

可贵的网络絮语

轻轻揭开互联网神秘的面纱，

我踏入博主精心编织的梦幻花园。

那里，小视频如繁星点点，

或解析万象，或激励心田。

那是陌生人传递的善意与真诚，

如细流涓涓，滋润我心；

那是纯粹的指引与启迪，

似灯塔明亮，照亮迷雾；

那是智慧的逻辑与思维，

如星辰璀璨，指引方向。

我静心观看，倾听，

无关人际纷扰，只享心灵碰撞。

我们虽未曾谋面，

却在关键时刻温暖彼此心房。

分散在世界各个角落，

却能同频共振，灵魂交响。

无血缘之亲，却情深意长，

网络平台，连接你我。

诚然，也有不和谐之音，

但理性辨别，从容以对，

让温情绽放，如阳光普照。

我愿做屏幕前的倾听者，

从絮语中汲取，滋养成长。

感谢你，网络那端的陌生人，

你的忠告，如风起航，

让我稳重，让我成熟。

或许在未来某个瞬间，

这些话语，将在我谈吐间绽放，

融入气质，成为我生命的徽章。

对我而言，这无比珍贵，

铭记于心，恒久绵长。

明月皎皎伴我心

忙碌的一天，终落下帷幕，

疲惫身躯，漫步校园小径深处。

不经意间，仰望苍穹，

一轮皓月，如明珠镶嵌深蓝天幕。

它慷慨洒下银辉，

人间万物，沐浴神秘光泽。

心绪如潮，涌上心头，

脚步放缓，与月对话，倾诉衷肠。

教学楼前，月影隐去，

我退一步，驻足凝望，

短短瞬息，心灵得以慰藉，如沐春风。

目光穿越树梢缝隙，寻觅月的踪迹，

它也似穿透云层，与我深情对视。

万籁俱寂，幽静无边，

轻轻一触，满目璀璨，

与路灯交相辉映，照亮归途。

我对明月轻语，

未承想，某夜会被你深深吸引，片刻心动；

明月低吟回应，

未承料，曾有女孩为我驻足，情愫暗生。

在这静谧之夜，

我们彼此倾听，无须多言。

棉花糖

傍晚时分，微风轻拂面颊，

夕阳温柔地，吻别西山之巅。

公园里，一位老者静守售卖车旁，

落日余晖中，棉花糖如梦似幻。

蓝天为幕，绿树为衬，

那一朵朵棉花糖，美得不似凡间。

我轻取那朵浅粉的梦，

踏上塑胶铺就的时光小径。

糖丝轻盈，入口即化，

穿越时空隧道，唤醒童年的欢颜。

记忆如潮，涌上心头，

丝丝甜蜜，温暖如初。

棉花糖，是七彩祥云的化身，

携梦而来，飘逸灵动；

它是大自然的精心赠予，

斑斓世界，增添一抹绚丽；

它是蓬松、甜蜜、可爱的代名词，

满载欢乐，洋溢幸福。

滑梯旁，木质秋千轻摇，

我沉醉于这味蕾的盛宴。

糖丝飞扬，随风起舞，

在孩子们的欢笑中，飘向远方。

它将在夜的深处，为我编织奇幻梦境，

让甜蜜与惊喜，伴我今夜入眠。

背影

在如织的人流中，

我总能一眼捕捉到她的身影。

那独特韵律，是平凡中的非凡，

高挑纤瘦，绘就一幅流动的画卷。

夜幕低垂，晚自习的尾声，

她仍沉浸书海，背影坚毅而温婉。

那追求极致的灵魂，

在字里行间，绽放勤奋与进取的光芒。

闲暇时光，轻松愉悦的瞬间，

她手持相机，捕捉世界的温柔。

文静内敛，却心怀热烈，

每一帧画面，都是她用心雕琢的诗篇。

清晨，曙光初照的操场上，

她坚持晨练，背影洋溢着青春的活力。

严于律己，却也自在如风，

在晨光里，书写着属于自己的传奇。

这背影，是岁月的低语，

是时光的笔触，勾勒出她的模样。

平凡中蕴藏着不凡的力量，

在每一个瞬间，都闪耀着独特的光芒。

迎接晨曦

闹铃清脆，唤醒沉睡的梦，

我轻轻按停，给予无声的回应。

睡眼惺忪，步入洗漱间，

迎接第一缕热水，温暖如初吻。

镜前低语，许下爱自己的诺言，

浇灌心中那粒希望的种子。

整装待发，迈向教学楼，

迎接曙光，照亮心房的温柔。

踏入教室，脱下厚重的棉衣，

饮水机旁，汩汩清水润心田。

窗帘轻启，阳光柔和明亮，

书页翻动，演练学海的冲浪。

迎接知识，如晨曦的洗礼，

滋养心灵，让智慧之花绽放。

早读结束，步入餐厅，

耳畔书声，还在回响。

饥肠辘辘，规划膳食，

三明治与香肠卷，美味交织。

营养早餐，如一天序曲，

滋养身体，让活力四射。

每一个清晨，都是新的开始，

迎接生活，满怀希望与期待。

在时光的流转中，静静成长，

让每一天，都充满诗意与芬芳。

我是一只悠然自得的蝶，

身披斑斓羽衣，轻舞于花间。

沉醉于为自然添彩的欢愉，

在百花园中，绘就生命的绚烂。

我是大自然宠爱的舞者，

身姿婀娜，舞动在晨曦微光。

蜜蜂为伴，忠实的观众，

欣赏我姿态万千，轻盈地飞翔。

春光旖旎，我挥翅轻飞，

离开那温馨的小巢，探寻世界的奥秘。

传递浅黄花粉，与花共舞，

助力她们，在画卷中成长，绽放美丽。

盛夏葱茏，我穿梭花海，

姹紫嫣红间，绘就一幅和谐画卷。

生命之歌，爱与希望交织，

在风中低吟，在阳光下璀璨。

生命的盛宴，待我细细品尝，

世界的多姿，等我轻轻勾勒。

岁月见证，化茧成蝶的奇迹，

我翩翩起舞，追寻那更高远的天空。

在这绚烂的旅途中，我自由飞翔，

用翅膀书写，生命的诗篇。

每一朵花，每一片叶，

都是我心中，最珍贵的宝藏。

枫叶的秋天

枫叶的秋天，翩然而至，

在秀逸中起舞，轻盈飘逸。

它并不仅仅是季节的符号，

而是夏冬交替的绮丽纽带。

金黄生命原野上，

它诠释夏的炽烈，低语冬的含蓄。

枫叶的秋天，层林尽染，

将眷恋沁入心扉，魂牵梦绕。

它并不仅仅是学校的徽记，

而是理想与信念栖息的家园。

严谨幽默的老师，奋进向上的同学，

共绘枫叶校园，绚丽新景致。

枫叶的秋天，幽雅清爽，

晨曦下蓬勃生机，熠熠生辉。

它并不仅仅是拼搏的校园，

而是心灵深处的记忆。

似水流年芬芳中，我们挥洒爱与青春，

收获成熟与梦想的硕果，甘甜如蜜。

枫叶啊，你步履轻柔，

伴着琅琅读书声，悠扬回荡。

秋风和畅，岁月正浓，

你温暖心田，绘就自然斑斓画卷。

在这绚烂之秋，我们满怀豪情，

与枫叶共舞，谱写生命的诗意篇章。

阳光琴键

阳光轻洒，透过窗棂的缝隙，

在地板上，勾勒出琴键的轮廓，静谧而神秘。

我悄然移步，踏入这光影交错的领域，

沉浸于柔和光辉，如梦似幻的境地。

踏上这排虚拟的琴键，我心欢愉，

太阳慷慨赠予，它的原创光谱奇迹。

它轻语，音符藏有莫测魔力，

唯有静心聆听，方见心底的旋律。

我满怀敬畏，收下这份雕琢的光之礼，

在宁静温暖中，尝试有节奏地轻击。

在这片光影交错的舞台，我自由舞蹈，

恬淡与安逸，交织成曲，流淌不息。

阳光琴键，是我心灵的诗行，

每一次轻触，都是与自我对话的瞬间。

或许阳光琴键，终将被时光悄然带走，

在时间的河流里，留下刹那的印记与光芒。

曾经，我深陷自卑的泥沼，

自责与气馁，如影随形，难以挥去。

战战兢兢，忐忑不安，

底气不足，胆小怯懦……

我似尘埃般渺小，

平凡无奇，难觅光芒的闪耀。

然而时光流转，阅历渐丰，

一股无形之力，悄然将我唤醒。

我开始接纳，接纳自己的瑕疵，

拥抱脆弱，与自我和解，心归宁静。

人生单程，无法回头，

我是导演，亦是编剧，主宰旅程。

如今的我，不再畏缩前行，

精心编织平淡却温馨的人生篇章。

塑造真我，绘就渴望的未来，

大胆描绘，属于我的智慧蓝图。

日食，细品其味，享受宁静时光；

夜寐，踏实安然，拥抱宁静港湾。

保持善良，学会自爱，

全力以赴，无惧无畏。

在我的小世界里，我努力绽放，

每一份光芒，都是对生命的礼赞。

其实，这样甚好，自在如风，

觉醒之光，照亮我前行的方向。

暖心十分钟

情绪的崩溃，总在刹那之间，

坚强的面具，难以掩饰内心的波澜。

我紧绷住缰绳，竭力不让它失控，

但一句关切，如弦动，触动了心底的脆弱。

泪珠，如断线的珍珠，无声滑落，

在脸上，绘出一道透明的泪痕，湿润而寒冷。

她，毫不犹豫，放下手中纷扰，

我们并肩，走向教学楼那洒满阳光的连廊。

虽空无一人，却充盈着温暖的光，

试图照亮，我心中那最暗的角落与伤。

她站在那里，光芒万丈，

拥抱我，慰藉我，如天使降临，

话语轻柔，裹挟着蜜糖的甜，温暖心房。

告别时，我凝视手表的指针，

十分钟，却让心灵得以解脱。

从悲伤的深渊，跃升至喜悦的云端，

她的鼓励，让我豁然开朗，重拾信念，

我又调整心绪，扬帆起航，再度追梦，勇敢前行。

人生起伏跌宕，不如意事常八九，

但在不确定的旅途中，总有人默默牵挂。

他们的存在，让追梦路上不再孤单，

来自灵魂的慰藉，是我力量的源泉。

追星少女

我是追星少女，

相册里装满了她帅气飒爽的照片；

追星的我，

能够发觉她独特的魅力与优秀的品质；

我追的星，

是我信念与动力的源泉，激励我前行。

所谓追星，

并非一件荒废时光的事。

只要我们用积极的视角去审视，

用正确的方式去汲取能量，

便能将榜样的力量发挥无尽，

助你我驶向胜利的彼岸。

追星，可以激励我坚持梦想永不放弃；

追星，可以使我在通向成功的道路上不再孤独；

追星，可以令我找到坚定不变的精神支柱；

追星，可以让我感受到与众不同的美。

放风筝

几个小朋友，

奔向那绿草如茵的操场。

其中一个，

手中握着一只风筝；

还有一个，

手里紧紧攥着风筝盘。

他们使尽浑身力气，

试图将风筝放飞苍穹。

然而，

风筝仿若吞下了石块，

任凭他们怎样都飞不起来。

小朋友们眉头紧蹙，

沮丧地坐在掉落的风筝旁，

犹如几朵乌云笼罩在头顶。

这时，

一个大哥哥走上前来，

他安慰着闷闷不乐的他们，

并耐心地传授放飞风筝的技巧。

小朋友们专心聆听，

他们站起身来围成一圈，

尽是乖巧听话的模样。

阴云消散，

凉风徐徐而来。

在大哥哥的指引下，

他们终于放飞了那只风筝。

风筝在空中自在翱翔，

几个小朋友和一个大男孩，

一同奔跑在平坦宽阔的操场。

小朋友稚嫩的脸庞上，

洋溢着欢喜的笑容，如春花绽放；

大男孩纯真的面孔中，

诠释着青春的明艳，似阳光灿烂。

我的妈妈

我的妈妈是天使，

即便她脾气偶有急躁，

但无论多大的怒气，

都冲不散那颗深爱着我的心。

我的妈妈是超人，

哪怕面对的压力重若山峦，

她依然披星戴月地在外奔波，

竭力为我创造美好的生活。

我的妈妈是暖阳，

纵使冬季严寒凛冽，

她依旧每日早起忙碌不停，

为我准备一份热气腾腾的早餐。

我的妈妈是姐姐，

我们是出门逛街的搭子，

她时常为我挑选潮流服饰，

还会在我满怀心事之时耐心开导。

我的妈妈是闺密，

我们会一同策划一场说走就走的旅行，

我们会在周末共品咖啡，再去看新上映的电影，

我们会在休闲时光尽情畅聊趣闻。

你问我要怎样变得强大，

我的答案是，

首先你必须学会孤独。

孤独并非孤僻，

孤独让人在沉思中保持清醒理智，

如静夜之灯，照亮心灵的角落；

孤独使人在斟酌间产生距离之美，

似山水画卷，韵味悠长；

孤独为人们提供一处爱自己的广阔空间，

若宁静港湾，温暖而安稳；

孤独让人逐步收获真正的蜕变与成长，

像破茧之蝶，绽放美丽。

因为孤独，

我成为自己的心灵导师，

在寂静中聆听内心的声音；

因为孤独，

我学会静心与自己相处，

在独处中感悟生命的真谛；

因为孤独，

我的环境适应能力得以提升，

在寂寞中磨砺坚忍的品质；

因为孤独，

我开始思考了解自己内心深处的需要，

在沉思中探索灵魂的方向。

我爱孤独，

它助我领悟自己生来世间的价值意义，

如启明星，指引人生的道路；

我爱孤独，

它是伴随我走过漫长岁月的使者，

似神秘旅伴，带来无尽的思索；

我爱孤独，

它促我在磨难挫折中变得更加自强独立，

像经过烈火煅烧，铸就钢铁意志；

我爱孤独，

它鼓励我在自省慎独之中完成自我调节，

若清风拂面，抚慰心灵的疲惫。

摄影

摄影，捕捉生活璀璨瞬间，

于快门按下的刹那，

将此刻镌刻成永恒的诗篇。

搜集其中佳作，

编辑成册，一本质感非凡的影像集。

翻开扉页，记忆的洪流倾泻而出，

零散的珠玑重新串联，织就一幅幅往昔画卷。

相机与镜头，如同灵魂伴侣，

引领我穿梭于往昔的风景，

重品当时之美，温柔如初。

我，一个摄影的痴迷者，

视摄影为生命不可或缺的部分。

携相机漫步于自然怀抱，

沉醉于山河的壮丽与柔情。

因热爱而追逐，捕捉每一帧美好，

心中满载着感怀与不舍，如湖水般深邃。

学习摄影，

是收获无尽的喜悦与成就的旅程；

热爱摄影，

是心灵深处无尽的触动与领悟的源泉。

你沿路伫立，

照亮一条条归途，温暖着行者的步履。

夜航中的我，轻轻掀开遮光板，

俯瞰这座沉睡小城，你在黑暗中静静守望。

点点微光，如星辰散落人间细语，

虽含微瑕，却在默默无闻中，

倾尽所有光华，诠释着存在的意义。

那柔情与柔光，是白日蓄积的温暖的力量，

待夜幕降临，方缓缓绽放。

车水马龙的白昼悄然隐退，

你与夕阳，无言告别。

那晚，我走出校园，

城市在夜的怀抱中略显寂寥。

在这片安宁中，我将目光向你投射，

你独自闪耀，执着而带着孤寂。

于是，晚归的灵魂寻你而憩，

疲惫身躯轻轻倚靠，共享片刻宁静。

坐入父亲车里的温馨座椅，短暂休憩，

我转头窗外，望着你不断闪过的身影。

你用那平凡而亲切的光影，

编织成夜的守护，引领我们前行。

慢

幸福

你未曾触及幸福的真谛，

非因所得稀少，而是欲望冗长。

削减过分的苛求，转换视角仰望，

幸福，其实时刻环绕身旁。

这餐饭虽非珍馐满席，

挑剔的你或许难感欢愉；

而热饭暖胃那一刻的温馨，

却让我心生满足，幸福洋溢。

父母外出，留你独守空房，

孤独缠绕，你可能黯然神伤；

而我，在独处中与自我对话，

这份宁静，是我心中的幸福时光。

学业繁重，你于困苦中徘徊，

疲惫与煎熬，掩盖了笑颜；

而我，于简单中找寻攀登的乐趣，

每一步前行，都是幸福的积累。

日夜兼程，你因疲惫而失落，

睡眠不足，身心俱疲；

而我，珍惜健康与家的温暖，

这份平和，是我最大的幸福源泉。

减少期盼，放下计较的枷锁，

幸福之门，自会悄然开启。

拥抱享受，学会知足，

生活，将绽放安逸与美好的花朵。

近视的我，

曾视眼镜为生活之重赘。

偶然机会，恍然醒悟，

近视之中，藏有独特之韵。

摘去那圆框眼镜之束缚，

朦胧世界，温柔拥我入怀。

虚幻与模糊交织的氛围，

带来微妙意趣，舒适满足。

我沉浸于这隐约之景，

任思绪飞扬，自由畅想。

仿佛被无边梦境环绕，

编织出童话与传说的辉煌。

若世间万物皆过于清晰，

反觉不合我心之期望。

想象力如泉涌，为生活添趣，

近视之美，苦中作乐乐也长。

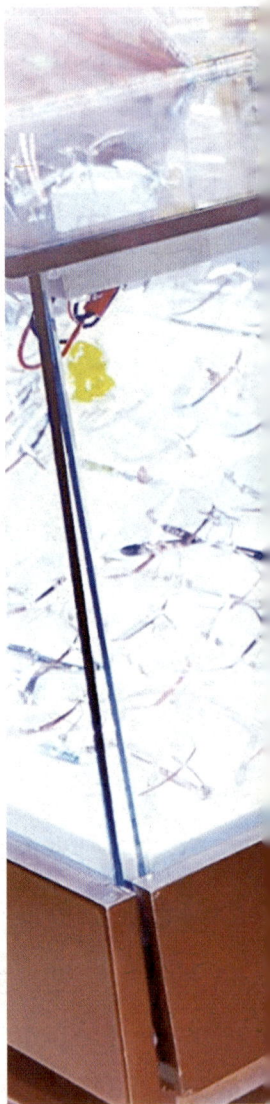

寒冬腊月风瑟瑟，

枯枝摇曳夜孤独。

暖光脉脉心底淌，

昂首苍穹寄情长。

缠绵思绪涌心头，

孤灯冥照思苍茫。

静默远眺心释然，

满目山河皆温良。

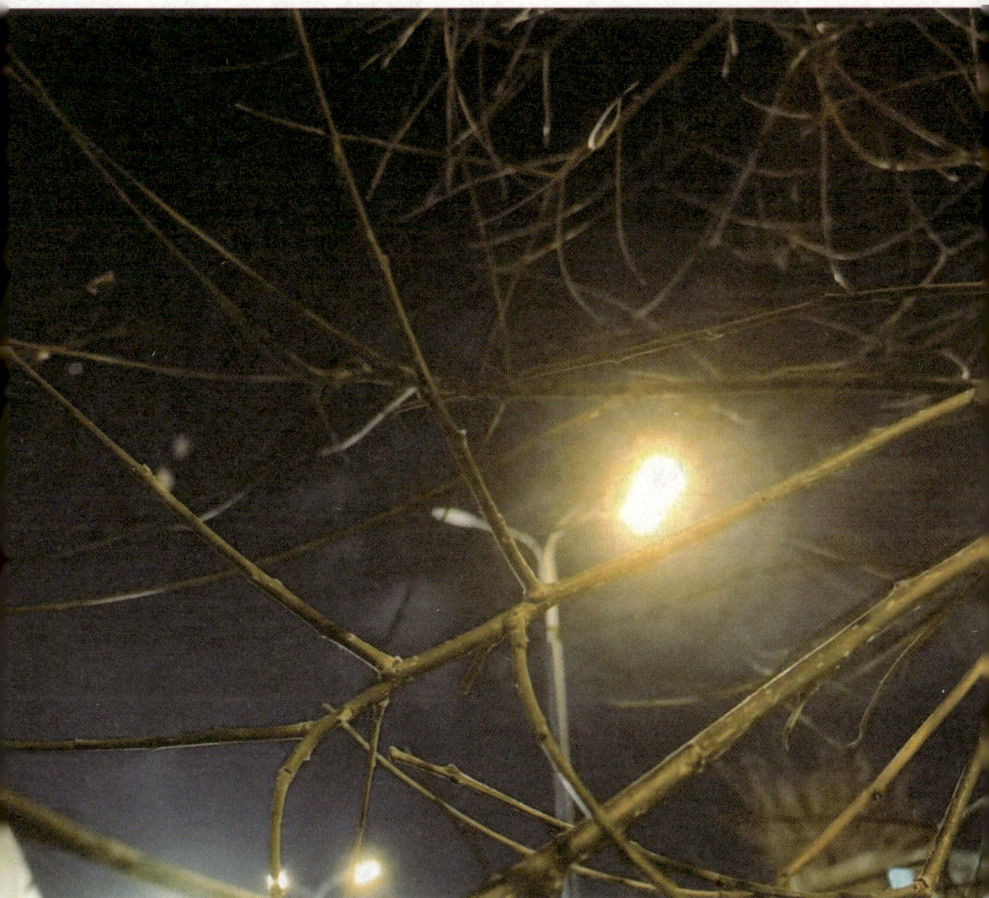

身高

儿时的我，

对身高格外敏感。

只因常超同龄人半头，

座位总在后排停留，

走于大街亦感突兀惹眸。

每当他人论及身高，

强烈自卑便瞬间涌心头，

长此以往，含胸驼背成陋。

成年的我，

渐渐挣脱身高的困扰。

身材高挑，可享鹤立鸡群之独韵；

身材高挑，能展窈窕淑女之雅味；

身材高挑，可配精致华美的衣袂；

身材高挑，可在重大场合稳气场。

因身材高挑，

高处取物难题轻松化解；

因身材高挑，

欣赏优美线条自信满绕。

且听风吟

春天的温柔绽放枝头，

万紫千红的景致溢满人间。

我在这春光里体悟温暖气息，

且听春风的轻柔细语。

夏天的热烈激情洋溢，

骄阳普照着葱郁繁茂的植被。

我在这生机中烙下奔跑足迹，

且听夏风的亲切呢喃。

秋天的清爽拂面而来，

绝美的丰收画卷铺展遍野。

我在这金黄中品味鲜甜果实，

且听秋风的娓娓诉说。

冬天的冷冽渗进缝隙，

举目皆是皑皑白雪。

我在这凄美中凝视雪花飘舞，

且听冬风的诚挚嘱托。

我，一块灵动的智慧黑板，

静立于讲桌后面，光芒内敛。

轻触身下的神秘开关，

唤醒我沉睡的灵魂，

跃然于前，助力师长的教诲流传。

纤指轻抚，带着温柔的力量，

在我的脸庞绘出悦耳的旋律与回响。

墨色纹路，非尘埃之痕，

而是梦想与智慧的交响，

滋养着孩子们渴望知识的心房。

告别传统木板的单调，

用那指尖的魔法，填满知识的海洋。

花朵在我眼前绽放，

我自豪，能为此添上一抹光亮，

陪伴他们，走过求知路上的风雨与阳光。

没有一路平坦的征途，

亦无无法逾越的艰难。

你只须全力向前奔跑，

去拥抱独属于你的朝阳。

过去终将成为过去，

它们终究会化作过眼云烟。

敢于接纳与直面种种境遇，

坚定地为你竖起赞许的拇指。

前方的路漫长而遥远，

迎难而上的决心永不磨灭。

你是身披铠甲的勇士，

在绝望与晦暗中奋勇披荆斩棘。

前途或许会有黯淡，

途中一定会有星光。

要坚信自己，

你的抗压之力远超想象。

即便沿路泥泞崎岖，

也要奋力奔跑。

终有一日，

会抵达成功的彼岸。

良师

我始终铭记，

那难忘的午后。

窗外大雨倾盆如注，

我怀紧张与期待交织的心，

准备迎接学术课程的终极挑战。

我于台上倾诉，

她在台下聆听。

演讲顺利落幕，

她赞美的掌声，为我而鸣；

我感恩的言辞，向她而呈。

我将难以跨越的困难向她倾诉，

她把改进提升的妙法与我分享。

她说，

演讲前可播放引入主题的视频；

她说，

能与打分员就所讲内容互动；

她说，

可进行心理暗示，加入"三、二、一"倒计时；

她说，

通过放慢语速能争取思考时空。

我静静倾听，

点头微笑以示认同。

归途中我手捧电脑步伐匆匆，

仿若捧着珍贵的宝典。

我进步时她给予肯定的嘉许，

我受挫时她递来对症的解药。

她助我以饱满从容之态勇闯难关，

她与我一同守候那唯美黎明的到来。

她是我的老师，

更是我前行路上的指路者与领航人。

遇见良师，何其有幸；

春风化雨，沁润心田。

晚饭后漫步于小径，

爱赏月的我依旧为她深深着迷。

我喜爱她如玉盘般的娇美，

却更赞赏她带来的这场绝妙演出。

我向前踱步，

她也依着我的速度向前挪移。

她那洁白无瑕的面庞，

在树枝与树枝的映衬间自在滑动。

尽显圆润优势的同时，

倾情演绎着流畅细腻的创意之舞。

从不收取演出门票的她，

在这片天地中，

予我以绝佳的观赏角度。

除此之外，

她还为我提供了把控节奏的契机。

当我停下脚步，

节目亦随之被按下暂停键。

恬静而清新的图景接连形成，

我毫不犹豫地掏出手机。

定格下这一帧帧和谐的画面，

待回到家中，慢慢品鉴。

你若问我今夜有何收获，

我会说，

我观赏了一段精彩绝伦的表演。

主演者是一颗夜明珠，

配合者是树枝与嫩叶。

追求

人须有追求，犹如航海有罗盘，

指引前行路，穿越云海不迷茫。

追求在心怀，云雾虽浓亦无碍，

方向自分明，航程无畏亦无限。

追求如源泉，滋养心灵之田，

朴素言语间，化作能量无边。

崩溃边缘时，轻启瓶塞开一线，

微抿一口后，动力无限涌心田，

助我远行力，天涯海角不畏艰。

追求为羽翼，助我翱翔天际间，

励志影片里，力量潜藏无尽限。

无助时刻至，反复播放心中念，

激励我奔跑，逐梦路上勇向前，

成就那梦想，曾不敢奢望之巅。

追求引领路，告别颓废与迷茫，

风雨无阻行，远方在望心自强。

路途虽漫长，目标清晰不彷徨，

追求在心房，理想抱负更明彰。

追求，

照亮前行路。

让心灵勇敢飞翔，

是生命之光的璀璨绽放。

我的青春，

不像小说所描绘的那般轰轰烈烈，

不像嘉年华那般盛大而璀璨。

没有大起大落的波澜，

没有动荡不安的波折。

我的青春，

有我默默奋斗的身影，

有我收获快乐时的由衷喜悦。

有我奉献价值后的深刻感悟，

有我受到接纳肯定时的心满意足。

我的青春虽单调，

但它让我学会了自省慎独；

我的青春虽平淡，

但它让我不再好高骛远。

我的青春不需要外界主宰，

我的青春由我来诠释。

它有它的自由自在，

它有它的绚烂多彩，

它有它的活力与激情。

若干年后回首往昔，

我安静又独特的青春，

会成为心中美好的怀恋。

考试

考前复习，挑灯夜战心中热，

紧张情绪，如影随形难摆脱。

考后复盘，核对答案心忐忑，

微小失误，也能掀起心中波。

莫要恐惧，考试仅为检验场，

智慧流淌，纸上绽放光芒强。

无须怨恨，挑战常伴人生旁，

宝贵财富，藏在经历风浪中。

不必烦闷，心态决定胜负场，

清醒稳重，与考试微笑相望。

慌张无用，脑海绘就逻辑网，

未来之路，轮廓渐显待你闯。

考试呀，你是成长的催化剂，

让我们在磨砺中，学会坚强与自信。

每一场考试，都是一次蜕变，

让我们在挑战中，绽放更加耀眼的光芒。

学习外语，意义深广，

非为考试高分，亦非异国徜徉。

它如钥匙一把，解锁知识宝藏，

阅读外文经典，沉浸自我世界。

他人翻译篇章，思维难免受限，

如饮他人之水，甘甜或有欠缺。

不如亲尝源头，原汁原味浓烈，

原模原样呈现，经典自由畅览。

外语如桥，连接不同天空，

让我们跨越，语言的重重屏障。

在书页翻动间，与智者对话，

在字里行间，感受文化的芳香。

学习外语，是心灵的远航，

让我们在文字中，寻找世界的宽广。

每一句言语，都是新的窗，

让我们看见，不一样的光芒。

留校那天

尘埃与光交织的午后，

圆珠笔静静躺在桌上，疲惫至极。

卷子的整理声渐渐远去，

一场考试，悄然结束。

同学们纷纷离校，奔向各自的天地，

教室瞬间空旷，唯我独自留守。

一切如旧，只是人影稀疏，

这份宁静，显得别有韵味。

班主任递来的雪糕，甘甜细腻，

留校的那天，别样的温馨与静谧。

欢声笑语虽不再，但灯火依旧温暖如初，

灯光透过玻璃窗，洒落师生的身影。

晚自习的学习，效率倍增，

沉思冥想中，编织梦想与人生。

留校的那天，是时间的馈赠，

铭记于心，至今难以忘怀的景。

休息日的向往

你我心中，曾有过一种向往，

向往生活悠然自在，日子无拘无束。

然而细想，若真如此，

日日假期，消磨不尽，

那舒适之感、幸福之味，恐难尝。

忙碌之中，短暂休憩更显美妙，

即使那休息时光，如逝水匆匆过往。

因为珍贵，更应珍惜，

丢掉幻想，把握当下，

休息一日，心中满足如花绽放。

6

For the love of a man

John Thornton had been ill in December and his two friends had had to leave him at White River and go to Dawson. They left him in the camp with plenty of food and with his two dogs, Skeet and Black. Now he had come and he was almost well. He lay in the sun river with Buck, watching the water and listening slowly getting stronger and stronger.

very welcome after running five thousand kilometres. Buck slowly got fatter and stronger. It was a time for both man and dogs while they waited on's friends to return from Dawson.

friends with Buck immediately, and while they ill, every morning she tongue. He

有 为了 个人的爱

楼梯

楼梯，校园里的默默守望者，

每日必经，上下间奏响生活乐章。

上楼梯，似攀登巍峨高山，

每一步跃动，考验攀登者的坚韧；

下楼梯，如踏轻盈云朵曼舞间，

缓冲心灵，释放压力，疗愈在心田。

上上下下，步履不停，

运动量不经意间积攒。

楼梯赋予我，登高望远的豪情，

独特视角，览尽校园风光无限。

它是电影取景的灵感源泉，

每一帧画面，都因楼梯而生动鲜亮；

它更是夕阳余晖的绝佳舞台，

慵懒光影，在这里温柔地铺展。

心情愉悦，我有节奏轻盈上下，

驻足楼梯，墙角壁画成了我的画框；

心情低落，我倚栏杆静静眺望，

窗外景致，成了我发呆的方向。

电梯便捷，却少了攀登的欢畅，

楼梯费力，却带动我前行的勇气。

楼梯，你不仅是连接的通道，

还给我心灵与身体的双重滋养。

在你的怀抱，我感受生活的韵律，

每一步，都踏出诗意的回响。

Courage is heaven, cowardice to hell. 勇气通往天堂，怯懦通往地狱。

As long as more than the other, believe yourself success. 只要比别人更努力，相信自己一定会成功。

I'll be happy to learn from the successful and tradentally experience from the success to failure. 我乐意向成功者学习和从成败中总结经验。

Only learn to cope with unfair you learned to survive. 只有学会应对不公平你才学会了生存。

Do it myself. Don't rely on others. 自己去做吧，不要依赖别人。

Without bear the potential of difficulties, there is no hope. 没有承受困难的潜质，就没有期望了。

Planted a character, reap a destiny. 种下一种个性，收获一种命运。

她轻移椅凳至桌旁，

笔记资料在手，与我并肩相望，

我随即整理书桌，一片清爽。

她细语项目短板，娓娓道来，

笔尖在纸上跳跃，勾勒要点，

我凝神倾听，智慧在心中滋长。

她时而托腮沉思，静默如画，

时而眼眸闪烁，智慧之光挥扬，

她的形象铭刻在心，谨慎勤勉。

她宛若导演，才华横溢，

指导剧本，细目分明，一丝不苟，

以身作则，引领我们共赴梦想。

她严把任务关卡，审核无遗，

耐心倾听，将我的意见温柔接纳，

我们携手，锻造匠心独运的佳作。

她，如诗如画，如歌轻扬，

在每一个瞬间，都闪耀着光芒，

她，是我前行路上的光。

拖延，是奋斗路上的绊脚石。

它掌控一切，毫无声息，

它束缚着你，把精神拖向深渊，

它如病毒蔓延，让懒惰潜滋暗长。

要挣脱拖延，就得有决心，

犹豫徘徊，只会白白浪费时间。

如果自我调节失败，抗拒情绪就会膨胀，

好像一张无形的网紧紧缠绕，难以挣脱。

踏上行动之路，杂念便烟消云散，

一心一意围绕目标，思绪不再混乱。

愿你我都能挣脱拖延的羁绊，

轻松前行，微笑面对人生的每一天。

我的身躯晶亮透明，

我的骨架纤长顺滑。

我的挚友是高挺光滑的鼻梁，

我的职责是助力眼睛看清世间万物。

两只眼睛看似无异，

实则各有需求。

左边那只总体能力稍弱，

要我帮助视物；

右边那只状况尚可，

要我保持清洁助其维持现状。

主人将我视作她最重要的物品之一，

我成为她每日随身必备之物。

她会定期为我擦拭身体并做检查，

唯恐我受到丝毫损伤。

她离不开我，

我的丢失会令她瞬间无助绝望，

仿若骤然被弃于悬崖之畔，

告别那充满光明的清晰世界；

我亦离不开她，

我为她量身定制，

习惯了感受她独特气息的我，

即便遇到他人也难合拍。

我开心，

虽我全年几无假日，

但可在深夜稍加休息，

次日依旧能全力实现自身价值；

我骄傲，

虽然我没有翅膀，

但可随小主人的脚步走向天涯海角，

伴她一同领略绮丽风光、大千世界。

五月的暖风中，

已然弥漫着夏的气息。

驾车驶入蜿蜒的山路，

桃花的清香四处飘逸。

拨开林中餐厅的纱帘，

院中的木质连廊被绿意装点。

倚坐在秋千上仰头，

看阳光在枝叶缝隙间嬉戏。

它一边俏皮地眨着眼，

一边与我玩着捉迷藏的游戏。

透过秋千的顶架，

我捕捉到树枝与嫩叶的影子，

它们仿佛在排练一场皮影戏。

伴着微风徐来，轻轻摇曳身姿，

在表达内心的欢喜与兴奋时，

竭力吸引我的目光。

我在院中漫步，

赏美景，拍美照，

远离尘世喧嚣，

在此寻得一片散心养性的净土。

品美食，溯过往，

畅聊生活琐碎，

在节日的宁静中迎接五月的降临。

和枫雅韵

我爱和枫的纯英文授课，

享受沉浸其间学习异国文化的旅程；

我爱和枫的开放包容，

在这里我找到真正适合自己的空间；

我爱和枫的优质教育，

深厚师资为我们注入色彩斑斓的理想；

我爱和枫的课程多样，

丰富选课资源助我沿着兴趣生长。

思维锻炼有助于提升创新力，

鼓励学生发扬个性促进成长，

教学体系激励学生积极向上，

多维度评价让学生更好认清自己。

和枫之雅，雅中显魅力；

和枫之韵，韵中品其精。

和枫雅韵，开辟新天地；

育人之策，成功又成熟。

交友

交友，不在数量之多寡，

而在质量之高下。

若与三教九流之人结交，

数量虽众，质量低下，

亦难促进个人发展；

若三五知己相伴身旁，

数量虽少，却互相了解，

心的交流，使人受益终身。

交友须谨慎抉择，

察言观色，理性辨别。

高尚智友，引领我们追寻正能量，

反之，则将我们引入消极之磁场。

交友须同频共振，

唯有双方思想与价值观在同一层次，

方能在交谈相处中寻得共鸣，

相互理解扶持，战胜重重难关。

交友须真诚相待，

尊重他人感受，促进信任建立。

善于倾听，给予对方真正的情绪价值，

彼此在了解磨合中培养维护感情。

结交益友，调养心灵，

悟透交友之道，助友谊天长地久。

一盘刚出锅的炒青菜，

热气腾腾，置于餐桌之上，

我满心欢喜。

当它的热气渐渐消散，

我尽情享用，

这一刻幸福的味道从口腔钻入，

让我不再疲惫不堪。

饭后，我略带伤感地回首，

在熄灭的灯光与一片空寂中，

它显得那般孤寂与清冷。

似乎唯有流动的空气，

愿意与它碰面寒暄。

这一幕，令我黯然，

这像极了人的一生——

从新鲜出锅时的青春蓬勃，

到热气散尽后的年老衰弱。

虽说两种状态，

都能果腹。

但时间的流转与岁月的变迁，

终会产生隔阂与距离。

最初的鲜美口感终将褪去，

最初的清秀模样也会消逝。

这段无边际的思考告诉你我，

不必时刻沉浸于过往无法自拔，

也无须过多盘算未来的走向。

把握当下，珍惜眼前，

这便是我们所应做的。

我的个人歌单中，

珍藏着数百首经典歌曲。

喜欢听歌的我，

享受被乐曲疗愈的过程。

蓝牙耳机如通往心灵的魔法扣，

摆好舒适坐姿，按下开关。

开启轻松自在的奇妙旅程，

倾听自己心灵漫游的回声。

心情不好的时候，

就去听一听歌吧。

让歌词字里行间流淌的慰藉与真情，

抚平伤痛与怅惘。

听歌的夜晚，逸乐满足；

听歌的步调，随心随性。

梦

轻轻合上睡前翻阅的书页，

我带着琐碎的思绪沉入梦乡。

窗帘轻垂，承担着守护梦境的使命，

它为我阻挡窗外刺目的阳光。

时而，我急切地寻觅梦的入口，

渴望在幽深与宁静中，遨游于梦的蔚蓝，

以梦的温柔，填补现实的沟壑与苍凉；

时而，我又期盼从梦中悠然苏醒，

在尘世的喧嚣中，寻回自我，

急于逃离那梦境中虚幻的泡沫与伪装。

我曾在梦的朦胧中，嘴角勾勒一抹浅笑；

在梦的缠绵里，意犹未尽地迎接晨曦的微光；

也曾在逃离梦境的刹那，泪水悄然滑落脸庞；

更有被梦境深沉拥抱，直至双腿麻木的微妙时光。

梦，虽有阴霾与残破，

却仍是心灵独一无二的港湾。

在这片奇幻而神秘的领域里，

我能重逢久别的故人，

能重启那些半途搁浅的梦想与计划，

能无畏地挑战极限，跨越不可能的边界，

能坚定地握紧命运的罗盘，勇敢前行。

在这里，无须忧虑后果与回响，

因为梦，是我永恒的庇护所，心灵的盔甲。

梦之事，令我百感交集；

梦之境，让我刻骨铭心。

夏日炎炎，冰激凌抚慰焦躁的心灵，

在炽热阳光下，共赴一场清凉的邀约。

轻启夏日频道，轻触甜蜜之键，

每一口，都是直击心灵的清甜。

冰激凌，夏日里与骄阳争辉的清凉使者，

它是季节，忠实的代言。

开启一段清新爽朗的味蕾之旅，

层层堆砌起，满心欢喜幸福。

窗帘

炙热的午后，风起了，

教室的窗帘被肆意地吹起，

呈现出波浪般的优美与自在。

窗帘的下边缘向内卷入，

宽大的身躯被流动的空气填满，

正如我此刻悲喜交织的心境。

它在风中无规律地摇摆舞动，

好似一面廉价却独特的镜子。

虽普通却能折射出我的内心——

时而澎湃，时而安宁。

像我无声的挚友，

从它天蓝色的纯净肌肤里，

我读懂了难以用数学解开的难题。

在周围的闷热与躁动中，

给予了我美好的理解与包容。

而窗帘呢？我不禁遐想，

或许它也和我的处境相似吧。

不同的是，

我所面对的是学业与考试，

它所面对的是烈风与尘土。

动车之旅

我孤影踽踽，步履悠然，

独启动车之旅，心随风舞翩跹。

携行李箱步入余晖洒落的车站，

二维码扫过，轻盈穿越检票口。

电梯攀升，月台列车尽收眼底，

踏入车厢，妥置行李，旅程悄然开篇。

列车疾驰，隧道山峦交相辉映，

瞬入隧道，玻璃窗化镜映容颜。

灵感翩至，我速启相机捕光逐影，

一只手和镜中的自己比心，

另一只手将这一刻记录。

出站时，我步履矫健，

电梯楼梯双选前，我毅然拾级而上攀。

虽路艰体疲，却避开人群，

艰辛之中，更快抵彼岸。

家人守候，旅途圆满，

动车之旅，珍藏心间，记忆璀璨；

动车之旅，我自独享，乐在其中；

成长之途，点点滴滴，期待蜕变。

逛超市

每当感觉自己被阴霾笼罩时，

逛超市便成了我舒缓的解药。

我轻步穿梭，快慢自如，

它们似在微光中轻唤。

争艳斗丽，只为那瞬间的缘，

望能进篮，共赴家宴。

漫步选物，时光悄流转，

超市使出魔力，悄然抚我烦忧颜。

购物篮渐满，

心头烦扰已释然。

将购物篮放置收银台，

扫描条码，发出治愈声响。

所购物品静待在旁，

依次进行属于自己的回家仪式。

孤寂时分，超市是慰藉岸，

静享周末，逛游其间寻心安。

泪窗

那晚自习的尾声，

我拎起行囊，踏上归寝的长廊。

夜空里，乌云、闪电、鸣雷交织狂想，

乌云密布，上演着自然的交响。

闪电如剑，划破苍穹的寂静，

雷声轰鸣，震颤着耳畔的空旷。

我匆匆奔入宿舍的避风港，

逃离那气象万千的肆意张狂。

更衣洗漱，步入我的小天地，

却见旁侧窗棂，挂满了雨的忧伤。

我轻声问它，为何泪眼汪汪，

它却静默，凝视着夜的苍茫。

大雨倾盆，肆意挥洒在天际，

拍打窗棂，与风共舞凄迷的旋律。

我循它的目光，望向远方，

那栋楼中，灯火稀疏，夜未央。

我举手轻指，向那点点光亮，

愿它们更亮，也愿借我一抹温暖的光。

那一刻，我仿佛触摸到窗的心房，

沿着雨珠的轨迹，轻抚它的脸庞，

如同解读自然的密语，探寻过往。

终至黎明，窗不再哀伤，

霞光映照，干涸的泪痕闪着希望，

在红日的拥抱中，它迎来了新生的辉煌。

渐变色的天空

绕过教学楼的转角，

初夏傍晚，那渐变的天幕低悬。

无云无垢，碧空如洗，

唯余清新与纯净，悠然自得，远离尘烟。

我托微风带去绵绵的赞语，

愿它轻抚，让天空珍藏这份温柔细语；

我遣飞鸟承载绚烂的祈愿，

愿它展翅，代我拥抱那无边的绮丽。

天际绽放着渐变的魔法，

是大自然慷慨的调色板，自由挥洒。

仿佛汲取天地精华，滴落蔚蓝画布，

瞬间晕开，交织成多彩的诗篇。

色彩巧妙融合，无缝交织，

绘就一幅渐变的天际画卷。

若可如愿，

我愿化作天空的调色师，随心所欲。

以心绪为笔，遐想为墨，

为天空添上变幻莫测的色彩。

或许斑斓如梦，层次丰富，

或许简约素雅，温润如玉。

它们纯净，它们细腻，

这渐变的天幕，是我生活的甜蜜调色盘。

烘焙

相较于炒菜与熬粥，

烘焙糕点别有一番意趣。

它是下午茶的最佳选项，

触动内心深处的幸福。

原料备齐，黄油软化，

鸡蛋、砂糖、面粉，均匀搅拌。

冷冻完毕，模具压盖成形，

放入烤箱，调整烘烤时长。

烤盘静置，透过透明窗，

烤箱灯散发柔和的光，

让正在烘烤的甜点愈加清晰。

我拿出烘焙宝典坐在桌前，

一边观察烤箱内的微妙变化，

一边寻找下一个美味目标。

期待已久的提示音终于响起，

空寂房间已是香气四溢。

迫不及待但更加小心翼翼，

戴上烘焙手套迎接成果诞生。

兴奋与欢喜中夹杂几丝谨慎，

唯恐被猛然冲出的高温热浪烫伤。

烘焙之妙，妙在创意构思；

烘焙之美，美在令人陶醉；

烘焙之乐，乐在酥脆口感；

烘焙之奇，奇在培养艺术。

Welcome to the new world.

远方鸟群，衔来饱满谷穗，

憩于屋顶，共贺收获欢颜。

心怀感慨，眷恋绵绵不断，

毕业季至，时光匆匆难挽。

手绘活动，热情如火初燃，

你我心潮，澎湃难以自安。

专业导师，轻步前来指点，

同窗学子，掌声雷动连连。

颜料工具，整齐排列眼前，

静聆方案，细节铭记心田。

毕业衫衣，逐一领入手间，

彩笔轻挥，图案跃然布面。

转印机下，作品瞬间显现，

轮廓轻压，线条流畅绵延。

吹风机起，烘干墨迹点点，

签名留念，镜头定格笑颜。

毕业纪念衫，你我个性尽显，

青春的记忆，镌刻时光无边。

明信片

翻开那保存已久的收集册，

多彩明信片被悉心珍藏其中。

正面印着风景或静物，

背面可以用来书写情衷。

来自五湖四海的明信片，

看似平常却满含深情厚谊。

或者经由快递或邮局传送，

或者由好友亲手递上。

明信片寄去了思念与祝愿，

真情流露在字里行间。

它的书写空间虽狭窄有限，

却都是精华的凝聚提炼。

明信片的身板轻盈单薄，

但长途跋涉并没有将爱意消减。

它历经万水千山，

将真挚与美好在期许中送达。

风扇

静倚书桌之畔，

是那伴我多年的老旧风扇。

它携我穿越青涩年华，

于炽热炎夏，轻拂缕缕清凉丝缕。

此无叶风扇，

底座沉稳，头颅椭圆展温婉。

体态轻盈便携行，

风速调控，随心而转韵自含。

颈间圆钮轻启，

燥热顿消，清凉依心澜。

岁月悠悠，它温婉依旧，

夜阑人静，它从不惊扰好梦，

挑灯夜读，也不影响深思。

坚守在侧，耐心无限，

尽忠职守，默默无言。

心中的白鸽与黑豹

我的心中，住着白鸽与黑豹。

白鸽，象征着温良与恬静；

黑豹，代表着倔强与勇敢。

每当白鸽守护心房，

心有所得的我，一切安然，

欣赏霞光洒入树林的瑰丽；

每当黑豹崭露头角，

焦躁无助的我，不再沉默，

向外界表达观点与质疑。

白鸽学着划分底线，

黑豹用锐利目光，教它权衡利弊；

黑豹懂得克制冲动，

白鸽的慈悲微笑，令它学会平和。

只有白鸽，无黑豹，

难以释放真实的情绪与力量；

只有黑豹，无白鸽，

无法让自己拥有安宁与祥和。

面对他人的真诚与赠予，

要如白鸽般，知恩图报；

面对周遭的不公与欺凌，

要似黑豹般，勇敢抗争。

我爱心中的白鸽，

它为我塑造正直美好的形象；

我亦爱心中的黑豹，

它用力量守护我的权益尊严。

插花雅艺韵悠长，亲去实践递芬芳。

修身养性凭花茎，装点心灵悦意扬。

馥郁花卉精心选，败叶残枝细剪除。

巧思妙构寻佳角，依次插枝循法度。

纷繁材料融艺术，举止娴雅映华光。

独特美感心间现，平和心境枝叶藏。

情趣审美因花长，安逸陶情任我翔。

色彩搭配勤锻炼，精神世界越丰昌。

学插新花添意趣，爱花献美韵无疆。

居室因我增锦绣，雅艺流芳岁月长。

花也
FLOWER TOO
LAB+
与花为伴心安然
Peace of mind with flowers

大扫除日班级忙，我持扫把任务当。

簸箕随行为助手，杂物尽揽不留痕。

纤手紧握细扫把，轻盈舞动扫尘埃。

簸箕默契接残物，巨细无遗迎入怀。

遇物黏腻难清除，扫把轻让唤帮手。

铲刀锋利双手巧，并肩作战亦无扰。

簸箕开怀迎垃圾，且随扫把舞轻盈。

扫把疾驰若风过，簸箕紧随步频频。

默契无间共清扫，杂念骄躁一并清。

教室角落皆细察，明亮洁净我来寻。

扫地之乐何所寄，还原清亮心无羁。

劳作之中寻真我，尘埃尽去心自怡。

牙齿和牙龈

樱唇微启笑颜开，皓齿如宾映玉台。

牙龈粉嫩似密友，共饰容颜映日来。

佳肴满桌香四溢，珍馐入口齿唇间。

水饺鲜香汤满溢，牙龈温浴齿研磨。

认真研磨迎新味，面皮肉馅耐嚼缠。

牙龈牙齿共施压，消化之路畅无拦。

牙齿牙龈影不离，知音伴侣共相依。

牙齿爱龈情深厚，清纯守护共悠扬。

爱齿如玉无瑕珍，爱龈点缀美无痕。

唇齿相依情缱绻，共谱口腔和谐音。

卷笔刀

启蒙岁月铅笔珍，秃尖常忧心难安。

美工刀钝力难施，卷笔刀来解愁烦。

稳重端坐饰书桌，甘愿默默守书田。

重任在肩不辞劳，学业为重情义全。

卷笔刀鸣响连绵，滚刀齿轮舞翩跹。

敬业之情惹人怜，缓摇手柄心相连。

削成铅笔入袋间，承料盒中屑满填。

彩虹碎屑如花瓣，浅浅深深色新鲜。

拾取木屑纸上粘，巧手造出拼贴赞。

更教废物焕新颜，创意无限乐心田。

运动妙效胜灵丹，急救情绪脱困艰。

突发状况心微乱，运动之间解愁烦。

闲暇时光投运动，瞬息找回好容颜。

汗珠晶莹透衣衫，秀发乌黑丝丝沾。

拼搏进取光频闪，独立积极韵自全。

发丝轻飘遮明眸，坚定眼神映万千。

运动于我情难舍，生命之火熊熊燃。

热爱运动心自安，坦荡无忧乐陶然。

享受运动烦恼忘，强身健体乐无边。

认真打拼突重围，竭力突破志更坚。

持久运动习成惯，能量满满每一天。

唤醒机能展新颜，运动人生美如篇。

于生活细微处寻，受命奔波服务间。

身位自知心却难，平静偶有起微澜。

换个思量心自安，被需之幸溢心田。

做出贡献映价值，他人需要我光妍。

正确引领结合行，事态向好展新篇。

老人家务得轻减，悲者心怀转乐观。

导师效率因我添，伤员希望渐增添。

平凡微末非无用，被需之时显真贤。

循令从事意深远，温暖关怀情缱绻。

无惊天地亦无妨，被需之光照人间。

顶层自由健身场，身与心灵皆解放。

中层单车健美课，汗水与梦共织章。

墙面海报荣誉扬，教练风采人前彰。

瑜伽吊绳悬明亮，宽广空间梦起航。

器械排列似诗行，功能各异气昂扬。

视角转换新色彩，肌肉紧绷梦中强。

哑铃弯举力量张，绳索屈伸意志长。

拳击手套高端放，梨球轻盈跃欲翔。

汗水与梦交织忙，坚持信念心中藏。

健身房内梦翱翔，身心共舞奏乐章。

游戏·人生·道理

在虚拟与现实的交界，游戏轻轻启幕，

贪吃蛇，一场关于成长的深刻寓言。

指尖轻触，选择皮肤，设定方向，

那一刻，我仿佛听见了生命的序曲。

从缓慢爬行到迅猛如风，

幼蛇蜕变，王者征途漫长。

每一次吞噬，都是一次成长，

从谨慎小心到自由驰骋。

它教会我，无论大小，

每个生命都要经历成长的阵痛。

就像那游戏中的巨蟒，

它的冷静，源于比其他蛇更长的历练。

学霸与常人，差距何在？

不过是多了一份坚持。

游戏与人生，何其相似，

都是一场关于勇气与智慧的较量。

有人在跌倒中学会站立，

有人却在泥泞中迷失方向。

但无论如何，我们都在前行，

在挫败或成功中，描绘着成长的画卷。

命运的舵盘，掌握在自己手中，

我们要做那追逐光芒的勇者。

游戏是消遣，也是启示，

它让我们在虚拟中，触摸到真实的自我。

每一次游戏，还能受到心灵的启迪，

让我们在挑战中，找到前行的力量。

就像那贪吃蛇，不断吞噬，不断成长，

最终，成为自己生命中的王者。

半杯凉水

寒夜，我以热水泡脚，舒散整日的疲倦，

盆中热气蒸腾，如梦似幻。

单脚轻触水面，涟漪轻舞，荡漾开去，

温度瞬间唤醒沉睡的细胞。

我提起脚，静止在那短暂的空白里，

再次沉浸，复而抬起。

然而，那滚烫的热情，我难以承受，

仿佛火辣的未来，我却找不到通往的路。

于是，我取来一只水杯，

放在水龙头下，轻轻拨动那冰凉的手柄。

半杯凉水，轻轻注入，如清泉般流淌，

它虽不多，却足以调节温度。

脸颊依然泛红，热水依旧滚烫，

但凉水已融入其中，带来一丝清凉。

我的双脚开始卸下防备，

沉浸在这温柔的拥抱里。

这过程，如奋斗者的征途，

在疲惫与坚持中，寻找平衡的艺术。

适当的休息，是为了更好地前行，

缓冲的力量，让我们更加坚韧。

不必过度倔强，在崩溃的边缘徘徊，

给自己一个简单的缓冲。

它虽不激烈，也不持久，

却能平息内心的风暴，赋予我们新的力量。

就像那半杯凉水，虽微不足道，

却能调和原本的热烈。

让我们在奋斗的路上，找到片刻的宁静，

在蓄能中，再次扬帆起航，追逐梦想的彼岸。

馒头

馒头外表，简约而平凡，

无纹无饰，质朴显真颜。

味道清淡，不张扬繁杂，

却藏深情，内蕴力无穷。

它生而纯朴，眼含真诚光，

看世界，无惧风雨狂。

包容有力，背负寒酸名，

不计较，心怀宽广长。

不求世人皆爱它，

但愿解饥暖人肠。

松软筋道，是我所爱，

更赏其豁达与肚量。

连廊人生路

连廊长，似人生匆匆一瞥，
过客匆匆，身影交织又离散。
相遇琐碎，记忆随风而逝，
坚定眼神，却难掩心底迷茫。

并肩身影，前路终需独行，
风雨兼程，唯我孤独奔赴。
连廊之路，映照人生轨迹，
过客如织，添彩又添情。

或谈笑风生，或沉思未来，
各自目标，心中暗自揣。
互不干涉，自由如风，
向未来，奋力奔赴。

连廊，连通人生一场场相遇与别离，

每一次擦肩，都是命运的交错。

我们，都是这连廊里的行者，

走向各自的终点，却曾共享这一刻。

在美食的海洋里，我偏爱汉堡包，

它满足了我，那小小占有欲的微妙。

比萨虽美，却总要分享，切割成块，

而汉堡，独立而轻便，是专属于我的味蕾盛宴。

汉堡家族，带有自己的印记，

雀斑点点，如同岁月的奖赏。

它们从不自卑，那凹凸不平的面庞，

是勤奋的证据，是时间的珍宝。

汉堡内在的美，令人无法忽视，

肉饼鲜嫩，果蔬缤纷，色彩交织。

巧妙地搭配，让单调的面包焕发新生，

每一次品尝，都是一次关于幸福的探索。

汉堡教会我，尝试的乐趣，

不同的食材，碰撞出不同的惊喜。

在探寻独特风味的旅途中，我感知着幸福，

每一次创新，都是一次味蕾的狂欢。

汉堡，像黏合剂，公正而无私，

调解着关系，让一切和谐共处。

在汉堡的世界里，我找到了自己的位置，

每一次咀嚼，都是一次心与胃的满足。

KICK BACK WITH A CLASSIC!

（经典招牌必备！）

ackBurger® （招牌牛肉堡）

牛肉汉堡配新鲜生菜和番茄、主厨秘制 Shack 酱

单层 49
双层 69

夜

我静静期盼，夜的帷幕低垂，

月光皎洁，穿帘入缝，墙角幽静。

白日的纷扰与委屈，悄然隐退，

在夜的怀抱，找寻心灵的慰藉。

黑暗中，我轻抚那颗疲惫的心，

伤痕累累，却也坚韧无比。

时光仿佛被延缓，我细细摩挲，

用无形的线，缝补着昨日的裂痕。

关灯，与床相拥，深夜模式开启，

这是自由生活的序曲，思绪的风暴响起。

棉被里的我，默默垂泪，

无人知晓，也无须遮掩，

黑暗，是我肆意挥洒的空间。

曙光与月光，天际交织誓言，

既是心的重生，也是成长的印记。

黑夜，是我理想的摇篮，

在其中，获得新生，光芒重现。

夜，如此深邃，又如此温柔，

它包容我的脆弱，也见证我的坚强。

在每一个深夜，我与自己对话，

在月光下，找寻那最真实的我。

小区改造，树杈成碍，

商讨之后，决定舍弃。

粗枝大叶，应声而落，

只余主干，孤独守望。

入门一瞬，如见魔爪张扬，

楼间穿梭，凄冷涌上心头。

周末时光，悄然流逝，

秃树两侧，静待新生。

某个午后，阳光正好，

偶遇秃树，新芽初绽。

褪去黯然，生机再现，

嫩绿点点，生命重燃。

庄重坚定，藏于骨中，

自然勇士，焕发新颜。

仲夏来临，暑气蒸腾，

心中敬畏，油然而生。

从枯萎到复苏，

诉说着生命的坚韧。

每一次生长，都是对过去的告别，

每一次绽放，都是对未来的期许。

复苏之歌，在风中轻轻吟唱，

是大自然最动人的旋律。

让我们学会，在困境中等待，

在绝望中，积蓄力量。

内心的天空，偶有乌云密布，

狭隘闭塞，情绪低沉。

角落里的水彩笔，被遗忘的宝藏，

如一束光，将灰暗的角落照亮。

水彩笔，你是救赎者，

携带治愈的力量，挥舞多巴胺的魔法。

用你的色彩，让画作绽放生机，

创造自由不羁，无拘无束。

时而，我细心分类，排列有序，

颜色渐变，如彩虹落入。

时而，我随心所欲，摒弃规则，

风格独特，混搭着梦想。

水彩笔，色彩单调或丰富，

分工合作，绘出精彩。

如丝般顺滑，绽放花间之舞，

如绒球花般质感，留下美丽痕迹。

水彩笔，你赠我非自然的彩虹，

让我看见，想象的天空无限宽广。

在你的陪伴下，我放飞思绪，

天马行空，非凡想象，自由翱翔。

我静坐看台之上，

望云卷云舒，彩旗在风中飘扬。

俯瞰那宽阔的操场，

远方，竞跑者如箭离弦，朝气蓬勃向前方；

近处，孩童们嬉笑打闹，烂漫纯真笑声扬。

我沉思，怀念匆匆过往的烟云；

我编织，静心规划未来的图景。

操场上，大小足迹深深浅浅，

每一双脚印，都藏着独特的诗篇。

岁月悠悠，风尘仆仆，时光烙印深刻，

化作历史长河中，荡漾的涟漪一圈圈。

操场啊，你是欢乐与汗水的海洋，

我们在这里，追逐青春的梦想与希望。

你是教室外的第二个课堂，

我们在这里，学会团结与担当的力量。

你是新生入学的训练场，

整齐队列与标准动作，映衬朝阳的辉煌。

你是学子课间的休息地，

碧绿草坪与褐色跑道，共绘校园的美丽。

平展的操场，点燃我心灵的火种，

运动之美，铿锵步伐中夹杂着斗志昂扬。

在这里，我们挥洒青春，放飞梦想，

操场，你是我心中，永远的歌唱。

榨汁机

榨汁机，

利刃片片轻旋，舞动风云起。

果肉投进料口，化作龙卷风，

烦恼随之搅碎，弃之如敝屣。

清泉漾出，营养满载，

果汁杯盈，果渣桶待。

精华汇聚，可口入怀，

残渣清理，弃物不再。

屡经磨难，

终有鲜汁盈。

风味独特，或甜或酸或淡，

搭配成趣，果蔬绽放新颜。

赢的真谛，我悄然探寻，

何为真正，胜利的灵魂？

稳居巅峰，便是终章？

非也，此非人生惯常姿态。

跌倒再起，勇气如火炽热；

困难前沉着，智者风范展；

感受中醒悟，进步源泉涌；

挑战不可能，勇者无畏行。

倾尽全力，无愧于心间，

此境此情，方为真正赢家，笑意绵长。

天色阴沉，狂风呼啸，暴雨倾盆，

冰雹如珠，携带着刺骨的寒意，

无情地砸击，让车身震颤，回响连连。

它们砸向挡风玻璃，晶莹透亮，

宛如变形的子弹球，肆意飞舞，

铺天盖地，伴雷霆万钧，震撼心田。

雨刷器舞动，轮胎疾驰，

穿越水线，激流勇进，道路漫长。

我心惊颤，侧头望向车窗，思绪飘远，

冰雹照内心的创伤，被无情揭穿。

风渐息，雨骤小，冰雹悄然隐去，

阳光破云而出，温暖如初。

冰雹，大自然情绪的表达，

它亦忧愁，亦焦虑，找寻宣泄的空间。

我释然，内心的伤痛，

似乎被冰雹冷却。

它们如自然的低语，

告诉我，悲伤终将过去，阳光总会重现。

鞋子

一双双鞋，如港湾里的一只只船，

在鞋架上，静静停泊，休憩。

有的整齐排列，静待时光流转；

有的略显慵懒，待命出海远航。

年少时，校服束缚个性飞扬，

鞋子成了我们，最后的战场。

你的鞋带，藏着一枚小配件，

我的鞋带，编织成梦的花样。

我们用想象，为鞋子添彩，

让平凡步履，也焕发光芒。

鞋子，你是双脚的伴侣，

日夜兼程，共赴生活的旅途。

你与地面，建立起独特的默契，

感知每一寸，脚下的土地。

鞋子，你是时光的见证，

挖掘机堆起的土坡，似枣泥发糕。

你替我轻轻摩擦，满足孩童的好奇之心，

在平凡日子里，寻找乐趣与欢笑。

鞋子，在生活的舞台上，

你时而轻盈跳跃，时而沉稳前行。

每一步，都踏出了我们的故事，

每一双，都承载着我们的梦想。

厨房

亮洁厨房，烟火气缭绕，

整齐厨具，奏响烹饪的调。

夜幕降临，我步入这方天地，

火苗跳跃，圆锅中番茄牛腩飘香。

雾气缭绕，玻璃窗蒙上朦胧纱衣，

窗外风雪交加，窗内暖意融融。

肉香缠绵，汤声咕嘟，

我沉醉于这厨房，美味的气息缭绕。

笑谈交织，餐具碰撞声此起彼伏，

切菜洗碗，与亲人相融相依。

厨房烟火，温柔抚慰心田，

家人共力，温暖在每一个瞬间。

这里是爱的港湾，味觉的盛宴，

每一勺，每一滴，都是家的味道。

厨房的温柔，沉醉其中，

在每个夜晚，编织着梦的篇章。

垃圾桶的低语

垃圾桶，角落的守望者，

无人在意，却默默存在。

卑微的工作，不惹眼的存在，

垃圾异味，让它孤立无援。

它非高楼，无安身之所，

非私家车，载不动人间烟火。

无洗衣机的香氛盛宴，

无烧水壶的快捷温暖，只余寂寞。

但有限容积，藏无限深情，

撕下肮脏标签，见它真心。

在被遗忘的角落，忍受霉烂无言，

容尽世间眼光，静待清理者来临。

垃圾桶的低语，是生命的坚韧，

在卑微中，绽放不屈的光芒。

平板电脑

平板电脑，手机的延伸，

账号同步，亲切如旧友重逢，

图片视频，清晰展现。

随时翻阅，满足求知的渴望，

智慧之光，在指尖轻轻跃动。

平板电脑，如渴望安抚的猫，

轻击摩挲，是手指的温柔诗篇，

五彩弧线，轻柔呵护，如画中游。

图书馆里，咖啡店中，

平板电脑，谱写生活的诗意篇章。

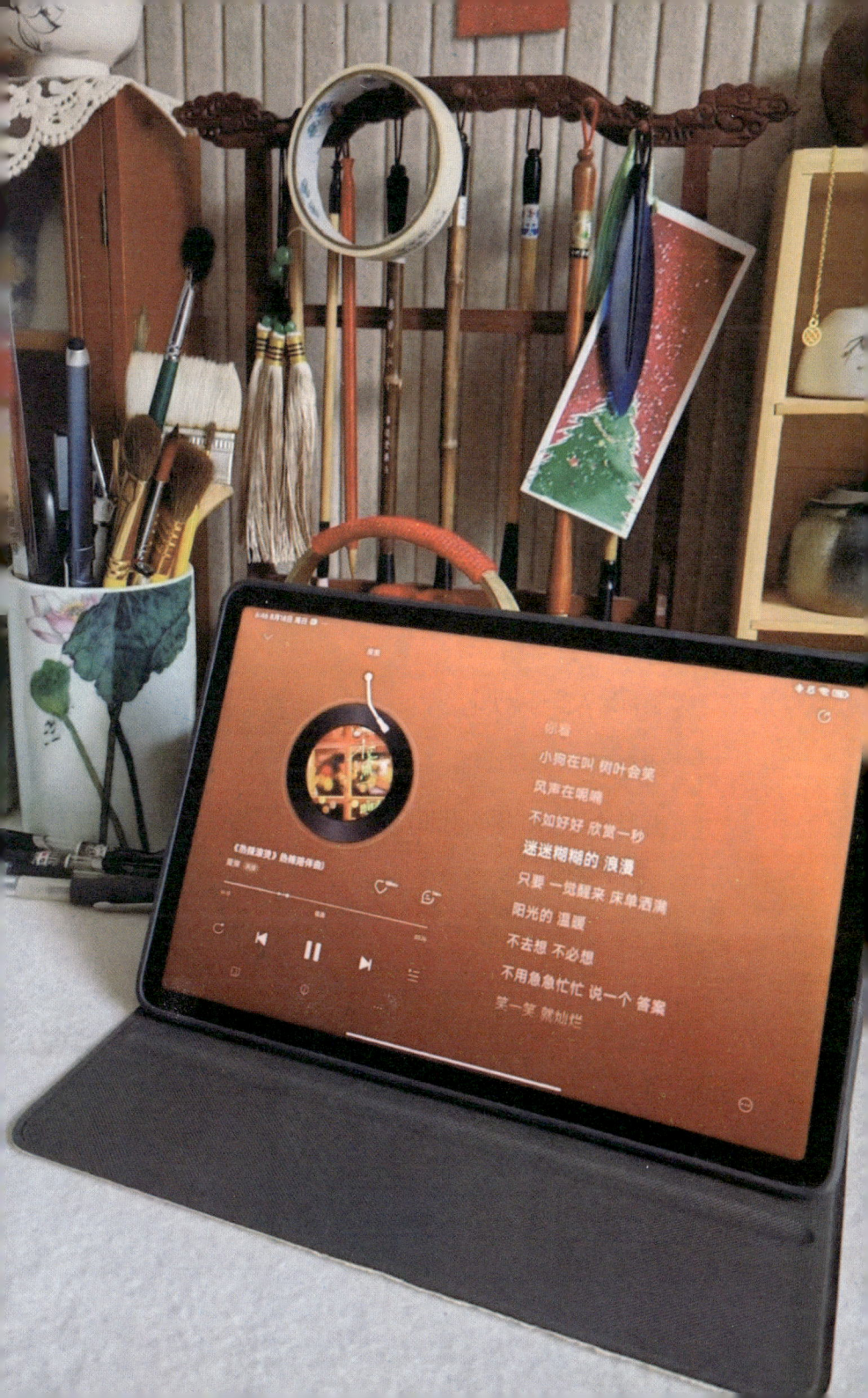

座椅

多功能演艺厅，台阶镶白边，

托起座椅，色彩斑斓，排列有序。

由低至高，它们静候，幸运儿的到来，

思索着，每一次相逢的奇妙安排。

座椅不言，却懂人心，

不怨遮挡，反谢选择，亲近无间。

我们坐下，它们敞开怀抱，

倾听心底的声音，疲惫尽释，舒适绵延。

座椅成排，互为挚友，

我们为桥，传递真情，无声却浓烈。

身体前倾，双臂搭前，

它们借无形之力，容纳我们，情谊绵长。

暑气升腾，冬气朦胧，

目光交汇，它们在时光中守望。

期待着，表演者的登场，

激光灯下，色彩映衬，它们见证辉煌。

前排清晰，面容如画，

后排广阔，荧光如海，震撼心田。

掌声雷动，节目精彩，

离别时，座椅低语，愿我们活出真我风采。

座椅呀，你是演艺厅的诗，

每一句，都是相逢与别离的歌。

在你的怀抱，我们感受生活的热烈，

在你的目送中，我们勇敢前行，追寻梦想的光泽。

我的头发，浓黑如瀑布流淌，

洗后吹干，水珠乘风而下。

以发丝为航道，在发梢轻舞，

集结又散场，似空气轻扬。

我的头发，飘逸披肩如云朵，

寒风瑟瑟，为我抵御冷风的轻抚。

它守护温暖边界，

让适宜的温度，与我温柔相伴。

我的头发，自带款式的密码，

心情与计划，改变它的模样。

野餐出游，麻花辫随风摇曳，

学校课堂，高马尾英姿飒爽。

我的头发，大度而宽容，

任我练手，探索新潮的发型。

我的头发，低调而沉稳，

提醒我，平衡大众审美与个性纷扬。

左手与右手，知心的伴侣，

无争无扰，天生默契长存。

面对每日的生活所需，

它们携手并进，共绘和谐的篇章。

同体共生，共享养分与光辉，

右手书写流畅，左手压纸稳健。

各有千秋，互补短长，

团结合作，方能绽放无限光芒。

左手右手，忠实的伙伴，

共舞一曲和谐之歌，交织出岁月的华章。

在每一次的协作中，演绎着完美的交响，

携手同行，共创生活的辉煌。

草莓奶昔

透明外卖袋间，它独自璀璨，

浅粉活泼，如少女初绽的笑颜。

吸管轻探，味蕾被温柔唤醒，

干涸心田，得甘露滋润无边。

草莓奶昔，凉爽甜蜜交织间，

观赏过夕阳，满载盛夏的浪漫。

回味中，离别伤感悄然浮现，

杯身轻旋，校园影像若隐若现。

留学路上，她曾悉心指引，

共探院校，时光悠长而温馨。

非不忍速饮，是惧记忆随风散，

奶昔缓缓流，留住过往的温暖。

每一口甘甜，都是时光的印记，

在毕业的前夕，与她共饮此甜蜜。

草莓奶昔，不仅是味蕾的盛宴，

更是心中，那段美好时光的回味。

购物车轻伴，我漫步超市卖场，

货架间，各色零食如繁星闪亮。

穿越年货区，糕点香浓诱人尝，

果蔬区前，新鲜色彩眼前亮。

橘子、西红柿、香蕉、马铃薯，

形态各异，大小不同，各自芬芳。

老少顾客，手撑袋，拥入挑选忙，

仔细筛选，几番掂量。

硕大诱人者，随主人车去远方，

笑语欢歌，掩盖内心欢畅。

小果实们，影孤单，货架角落藏，

未知命运，却平和淡定，心无惆怅。

我目光温柔，投向一枚小果实，

目光交织，同情与温暖轻轻扬。

它虽不惹眼，又面临无家恐慌，

却以真诚明亮心，迎每位顾客赏。

不急不躁，不争不抢，淡定安详，

小果实似奔跑勇士，逆境中坚强。

无论结果如何，初心不改方向，

持之以恒，从不言弃，光芒万丈。

口腔溃疡之吟

口腔溃疡，恶魔身披战甲来袭，

火眼金睛，窥视着每一寸唇壁。

牙齿不经意的触碰，是它的契机，

携带着打气管，潜入咬痕的缝隙。

似造火焰，喷薄而出，烙下伤痕，

白色水泡，在疼痛中渐渐充盈。

恶魔奸笑，不满足于此等创痕，

分身术起，黑心复制更多魔魂。

它们聚集，滋养那膨胀的恶果，

生怕成果飘逝，化作虚无泡沫。

餐桌之上，是它们狂欢的序曲，

食物触碰，敲打中火焰更加炽烈。

恶魔蹦跳，集体狂欢，痛楚加剧，

刀割般疼痛，挣扎中难以解脱。

恶魔不息，不给喘息的片刻，

即便不再进食，疼痛依旧穿梭。

幸而水至，成为我反击的利剑，

以药为辅，盟友并肩，共赴前线。

短期内，誓要将那毒水泡淹没，

击溃恶魔，让疼痛不再纠葛。

口腔溃疡，终将消散如烟波，

以诗为刃，斩断痛苦，重获欢歌。

坐地铁

地铁，

穿越城市的脉络，无须等待红绿灯的漫长。

避开风雨，无惧寒暑，

冬日里温暖如春，夏日里送我一抹凉。

车门轻启，伴着提示音的悠扬，

乘客手提行囊，鱼贯而出，步履匆忙。

我踏上这钢铁巨龙，目光寻觅，

空白的座位，是我旅途的小确幸。

列车启动，线路图在车门顶上闪亮，

闪烁的灯光，告诉我要到达的方向。

圆角窗外，黑暗与微光交织的画卷，

广告牌的微光，在静静绽放。

列车如龙，穿梭地道，轨道为疆，

司机驾驭，一路疾驰，去向前方。

恍惚间，我仿佛跌入时光隧道，

脑海中的面孔与故事，如广告牌般掠过。

坐地铁，是穿越时空的心灵之旅，

在钢铁的脉络中，找寻自己的轨迹。

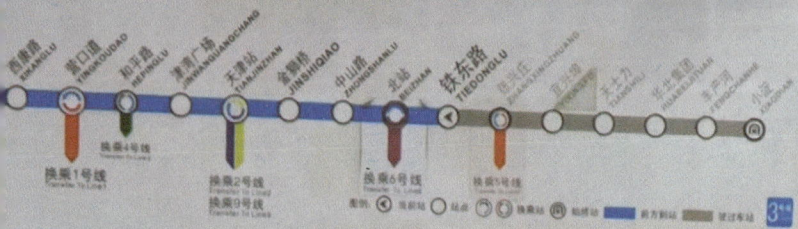

换乘4号线 Transfer To Line 4
换乘1号线 Transfer To Line 1
换乘2号线 Transfer To Line 2
换乘9号线 Transfer To Line 9
换乘6号线 Transfer To Line 6
换乘5号线 Transfer To Line 5

铁东路 TIEDONGLU

快东路 TIEDONGLU

中国移动

快8周
接二连

请注意
Please mind

请在车门两侧

礼堂庄重，礼服流光溢彩间，

签名娟秀，悠扬音乐绕梁旋。

毕业典礼，序幕缓缓拉开篇，

高中生涯，终章悄然落笔端。

往日争执，早已过眼化尘烟，

此刻心海，唯留眷恋与珍藏。

同伴八卦，笑语欢歌盈耳畔，

师恩颜容，谈吐间尽显风范。

回首往昔，零星琐碎映眼帘，

恍若昨日，时光匆匆不曾闲。

鲜花相赠，深情对视意绵绵，

合影留念，拥抱道别情难断。

三年情谊，融入短暂流程间，

记忆漂流，时光推进梦边缘。

感慨万千，依依不舍情难言，

谁愿先离，此地情深意更绵。

望她双眸，智慧光芒映心田，

亲切话语，牵挂嘱托绕耳边。

毕业季至，欢送学子展新篇，

丰收季节，满载希望向明天。

毕业季，青春赞歌轻轻吟，

离别时，梦想翅膀渐丰盈。

愿此去后，天高海阔任驰骋，

心留此处，情谊永存不言尽。

她，草原的女儿，生命之歌悠扬，

奶茶麻叶，滋养了她的年少时光。

我，她的重孙，血脉中流淌着她的情长，

温热的心，与她灵魂紧紧相傍。

慈祥面容，映出蒙古族的亲热光芒，

辽廓胸怀，比草原更加宽广无疆。

掌纹细腻，如草原河流蜿蜒流淌，

滋养万物，清澈见底，生命之歌唱响。

心跳沉稳，海纳百川的气度彰显，

对故土的眷恋，温情如草原轻风拂面。

如今，再难紧握那双温暖手掌，

感受蒙古额吉的纯朴与善良。

再难依偎她身旁，静望双眸深长，

温柔与深邃，如草原夜空星光。

时光匆匆，她默默离去，不留回响，
使命完成，光芒传递，灵魂归向安详。
骨灰细碎，撒向深海，静静流淌，
哀思如海浪，将她深情掩藏。

蒙古额吉，草原母亲，一生勤劳节俭，
心境淡然，爱与真诚，点亮沿途希望。
星辰大海，璀璨宽广，是她灵魂的归航，
愿她魂灵，在这怀抱，永享安宁与荣光。